Follet le furet

texte de Penny Matthews
illustrations de Beth Norling
texte français de Jocelyne Henri

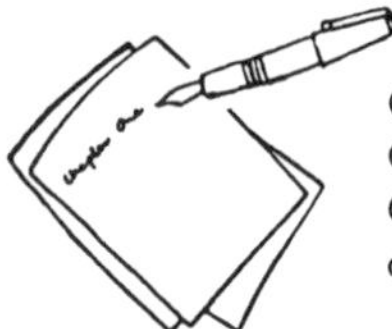

Texte original publié par Omnibus Books, de
SCHOLASTIC GROUP, Sydney, Australie.

Données de catalogage avant publication
de la Bibliothèque nationale du Canada

Matthews, Penny, 1945-
Follet le furet

(Petit roman)
Traduction de: The Best pet.
Pour enfants de 6 à 8 ans.
ISBN 0-439-98889-6

I. Norling, Beth II. Henri, Jocelyne II. Titre.
III. Collection: Petit roman (Markham, Ont.)

PZ23.M437Fo 2002 j823 C2001-902637-4

Édition publiée par les Éditions Scholastic, 604, rue King Ouest,
Toronto (Ontario) M5V 1E1 CANADA.

7 6 5 4 3 Imprimé au Canada 06 07 08 09

Pour Philip et tous ses animaux – P.M.

Pour Custard, Peggy et Jack,
nos amis à quatre pattes – B.N.

Chapitre 1

Luc a toutes sortes d'animaux chez lui. Il a ses deux souris blanches, Mic et Mac. Il a Flip, sa mante religieuse. Il a trois aquariums remplis de poissons. Et il a Cléo, sa vieille chatte tigrée.

Luc aime prendre soin de tous ses animaux. Mais il ne peut pas jouer avec eux... enfin, pas vraiment.

Mic et Mac se cachent dans leur cage toute la journée.

Flip est suspendu, la tête en bas, dans son bocal. Il mange des mouches.

Les poissons nagent sans arrêt de haut en bas de l'aquarium.

Et Cléo dort tout le temps.

Luc veut un animal avec qui il pourra jouer.

Chapitre 2

— Mon oncle Rémi a des furets, lui dit un jour Camille, à l'école.

— Des furets? répète Luc. Qu'est-ce qu'un furet?

— Les furets sont intelligents, dit Camille. Leur poil est doux et ils courent vite. Oncle Rémi en a un à donner. C'est gratuit!

— Est-ce qu'on peut les garder à la maison? demande Luc.

— Ce sont les meilleurs animaux de compagnie, dit Camille. Ils aiment jouer à cache-cache.

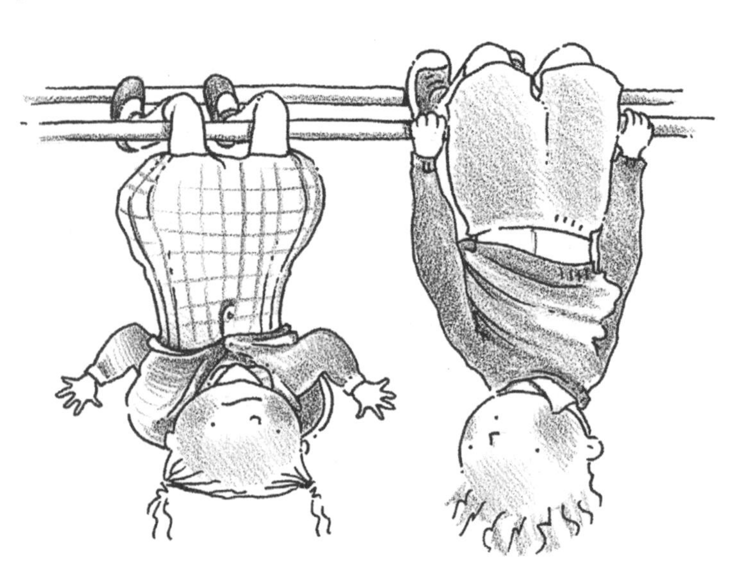

Chapitre 3

— Je veux un furet, dit Luc au déjeuner, le lendemain. Les furets sont amusants. Ce sont de bons animaux de compagnie.

— Les furets mordent, dit maman en faisant la moue. Ton furet pourrait mordre le bébé. Et puis, ils sentent mauvais.

— Et ils aiment se faufiler dans les jambes de pantalon quand on ne se méfie pas, ajoute papa.

— L'oncle de Camille en a un à donner, dit Luc. C'est gratuit!

— On ne peut pas garder un furet ici, dit maman. On vit en appartement, pas à la ferme.

— Il ne lui faut pas beaucoup d'espace, dit Luc. S'il te plaît, est-ce que je peux en avoir un?

— Je ne sais pas, dit maman. Il faut d'abord que je le voie. Allez, finis ta rôtie et prépare-toi pour l'école.

Chapitre 4

Le samedi, Luc se rend chez Camille. Son oncle Rémi est là.

— Alors, tu veux un furet, dit-il à Luc.

Oncle Rémi va chercher une boîte. Il soulève le couvercle.

— Je te présente Follet, dit-il.

Luc aperçoit une petite tête, des yeux perçants et des oreilles rondes et poilues.

Follet met les pattes avant sur le bord de la boîte. Ses pattes sont grosses. Ses griffes sont puissantes et pointues. Follet regarde Luc et pousse un petit cri.

— Il veut jouer avec moi! s'écrie Luc en souriant.

— As-tu demandé à ta mère et à ton père si tu pouvais le garder? demande oncle Rémi.

— Oui, dit Luc. Mais maman a dit qu'elle voulait d'abord le voir. Est-ce que je peux l'amener à la maison tout de suite?

— D'accord, dit oncle Rémi. S'il a faim, donne-lui de la nourriture pour chats.

Chapitre 5

Luc apporte la boîte dans sa chambre. Cléo est couchée sur la chaise.

— Regarde Cléo, dit Luc. J'ai un nouvel ami.

Luc ouvre la boîte. Follet saute sur le lit.

Cléo regarde Follet et sort aussitôt de la chambre à toute vitesse.

Follet se lève sur ses pattes arrière et pousse un petit cri.

— Tu as faim, dit Luc. Je vais aller te chercher à manger.

Luc remet Follet dans sa boîte.

Luc s'arrête d'abord dans le salon. Maman allaite le bébé. Papa dort sur le sofa.

— Maman, dit Luc, j'ai quelque chose à te montrer.

— Pas maintenant, Luc, répond maman.

— Mais c'est quelque chose que tu veux voir, dit Luc.

— Plus tard, dit maman.

Luc sort une boîte de nourriture pour chats du réfrigérateur. Il en verse dans une assiette.

Il apporte l'assiette dans sa chambre.

— Viens manger, Follet, dit-il.

Oh non! La boîte est vide!

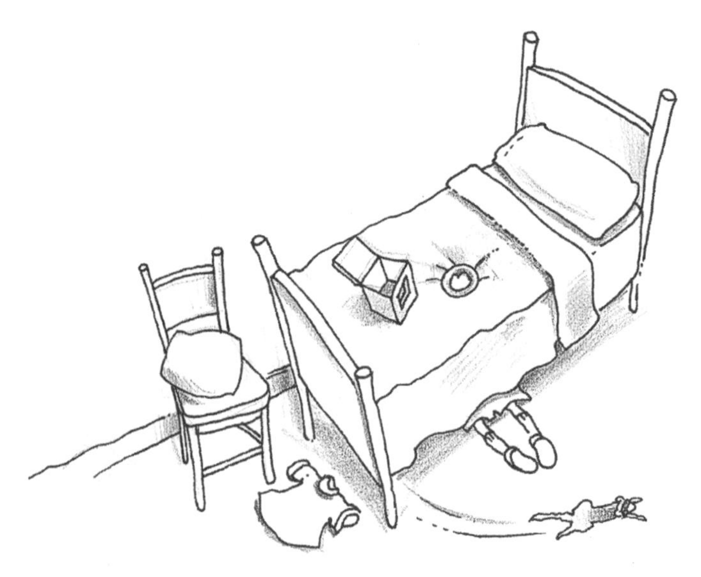

Luc regarde sous le lit.

Il regarde dans la pile de vêtements par terre.

Il regarde même dans les rideaux!

Il trouve bien quelque chose que Follet a laissé derrière lui.

Mais Follet, lui, a disparu.

Chapitre 6

Luc court à la cuisine. Pas de Follet. Cléo est là. Les poils de sa queue sont hérissés. *Miaou!* fait-elle à Luc.

— Pas maintenant, Cléo, dit Luc.

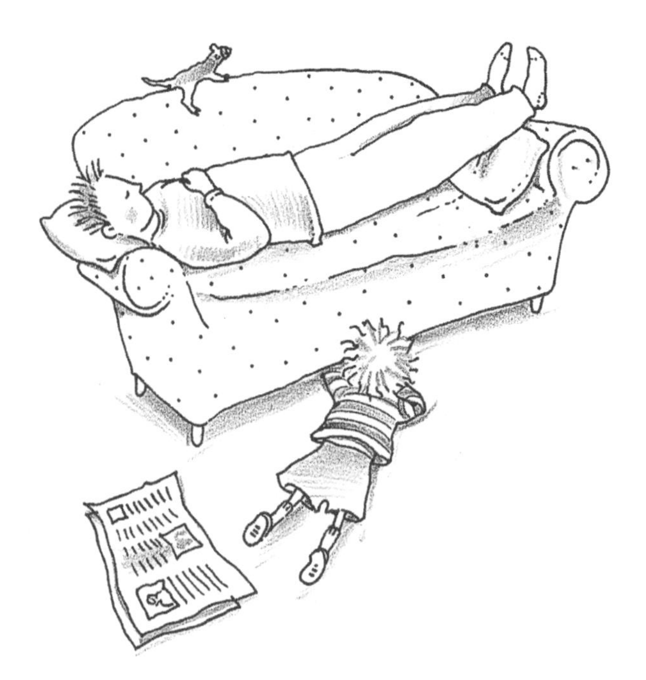

Dans le salon, Luc regarde sous le sofa.

Derrière le téléviseur.

Sur le dessus de la bibliothèque.

Sous le tapis.

— Follet, appelle-t-il d'une voix douce.

Tout à coup, il entend un fracas.
La salle de bains!

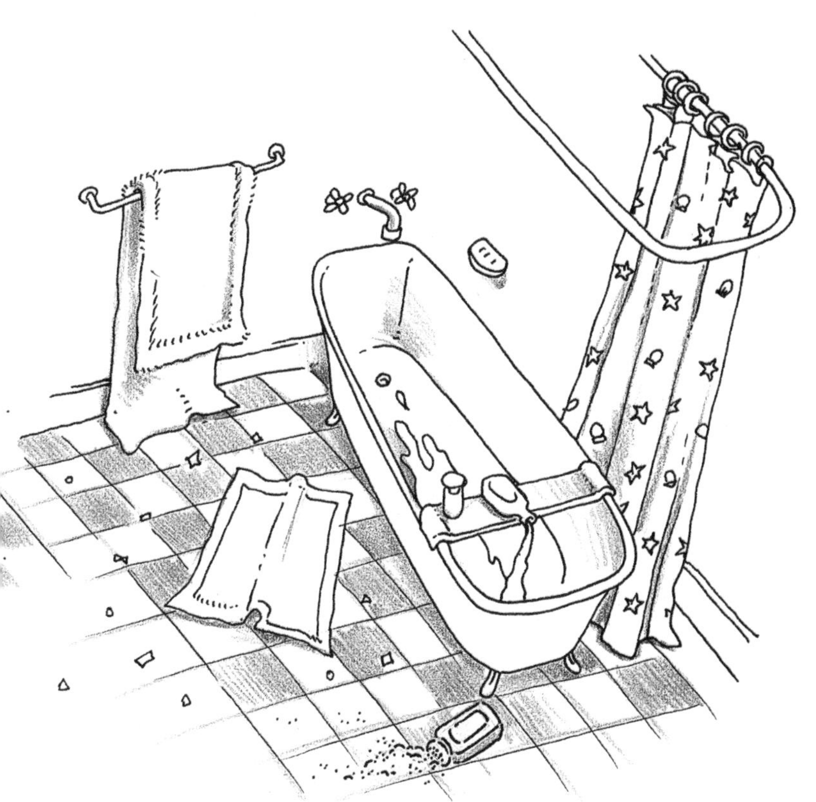

Quel désordre! Il y a de la poudre pour bébé partout. Il y a des marques de dents sur le savon. Le shampoing coule dans le bain. Le plancher est recouvert de papier hygiénique déchiqueté.

Des pistes de poudre blanche sortent de la pièce.

Chapitre 7

Il y a d'autres pistes dans la salle de lavage.

Des plantes sont renversées dans le vestibule.

Du lait est répandu sur le plancher de la cuisine.

Cléo est bizarre. *Miaou!* dit-elle. *Miaou!*

Maman entre dans la cuisine. Elle voit le lait répandu sur le plancher.

— Cléo! crie-t-elle. Vilain chat!

Elle prend Cléo et la met dehors dans la cour.

— Follet! s'écrie Luc. Cesse de jouer à cache-cache! J'abandonne! Où es-tu?

Chapitre 8

— À l'aide! crie papa.

Maman se précipite. Luc arrive en courant.

— C'est un rat! crie papa.

Bing! Boum!

— Faites-le sortir! crie papa. Il monte dans mon pantalon!

— N'aie pas peur, papa, dit Luc. C'est seulement Follet.

Une petite tête sort du chandail de papa. Une tête avec des yeux perçants et des oreilles rondes et poilues.

Papa regarde Follet.
Follet regarde papa.

— Qui as-tu dit que c'était? demande papa.

— C'est Follet, papa, dit Luc. C'est un furet. Maman a dit qu'elle voulait le voir. Alors le voilà!

— Il a une très jolie frimousse, dit maman.

— Hum, dit papa, en se frottant la jambe. Il a aussi des petites griffes très pointues.

— Il ne sent pas mauvais, dit maman, en sentant la tête de Follet.

— Mais il se faufile vraiment dans les jambes de pantalon, dit papa.

— Il ne mord pas, dit Luc. Et il ne lui

faut pas beaucoup d'espace. S'il vous plaît, est-ce que je peux le garder?

Chapitre 9

— Il aura besoin de beaucoup de soins, dit papa.

— Je prends soin de tous mes animaux, dit Luc.

Follet pousse un petit cri. Il se lève sur ses pattes arrière et regarde maman et papa.

— Je pense qu'il nous aime bien, dit maman à papa, en souriant. D'accord, Luc, tu peux le garder.

— Hourra! crie Luc. Merci, maman. Merci, papa.

Luc ramène Follet dans sa chambre. Il le montre à Mic et à Mac, à Flip et aux poissons.

— Regardez, dit-il. Follet va rester avec nous.

Mic et Mac se cachent dans leur cage.

Flip mange une mouche.

Les poissons nagent de haut en bas.

Luc serre Follet dans ses bras. Follet pousse encore un petit cri. Il s'échappe des bras de Luc et se précipite vers la porte. Luc tente de le rattraper, mais... trop tard!

— Oh, Follet! dit Luc.

Penny Matthews

Mon fils a eu beaucoup d'animaux de compagnie : des poissons, des pinsons, des bernard-l'ermite et, bien entendu, notre bon vieux chat. Il a déjà eu un bébé mante religieuse. Il lui donnait des mouches chaque jour et la mante est devenue très grosse! Il a toujours voulu un furet, mais n'en a jamais eu. C'est pour cette raison que je lui ai écrit cette histoire en lui donnant une fin heureuse.

Les furets domestiqués sont intelligents et amusants, mais ils ont besoin de beaucoup de soins, alors ce n'est pas nécessairement un animal de compagnie idéal!

Beth Norling

Pour cette histoire, j'ai dessiné les animaux de compagnie que ma famille et moi avons eus au cours des années. Je n'ai pas mis tous les poissons rouges ni les vers à soie parce qu'ils sont trop petits!

J'ai dû regarder plusieurs photos de furets avant de dessiner Follet, le héros de l'histoire.

Je viens d'avoir mon premier bébé. Il ne dort pas beaucoup. C'est pour cette raison que j'ai dessiné la mère et le père de Luc avec la mine un peu fatiguée. Je sais ce qu'ils éprouvent!